# 八木重吉詩画集

詩　八木重吉
絵　井上ゆかり

童話屋

目次

素朴な琴……10
雲……12
草をむしる……14
悲しみ……16
〈色は〉……18
夜……20
私……22
春（天国）……24
赤ん坊が　わらう……26
無題……28
〈しみじみと〉……30
母をおもう……32

天気……34
空が　凝視ている……36
幼い私……38
朗らかな　日……40
〈いても〉……42
ひとつの　ながれ……44
雲雀……46
母……48
〈この世にいなくて〉……50
〈かんがえてみると〉……52
川……54
〈おどろきの〉……56
花がふってくると思う……58
〈すべての〉……60

花……62
草に　すわる……64
秋の　かなしみ……66
〈わが友が病むという〉……68
秋のひかり……70
白い枝……72
雨……74
〈このかなしみを〉……76
ゆるし……78
〈ひにくなこころと〉……80
雨の日……82
はらへたまってゆく　かなしみ……84
月……86
ねがい……88

柳も　かそく……90
〈はるかにも　しずかなる
ほがらかさのなかに〉……92
泪……94
豚……96
心よ……98
虫……100
冬……102
春……104
あとがき……106

装幀　島田光雄

# 素朴な琴

この明《あか》るさのなかへ
ひとつの素朴な琴をおけば
秋の美しさに耐えかね（て）
琴はしずかに鳴りいだすだろう

# 雲

くものある日
くもは　かなしい
くものない日
そらは　さびしい

# 草をむしる

草をむしれば
あたりが　かるくなってくる
わたしが
草をむしっているだけになってくる

# 悲しみ

かなしみと
わたしと
足をからませて　たどたどとゆく

## 〈色は〉

色は
なぜあるんだろうか
むかし
神さまは
にこにこしながら色をおぬりなされた
児どもが
おもちゃの色をみるようなきもちで

# 夜

夜になると
からだも心《こころ》もしずまってくる
花のようなものをみつめて無造作にすわっている

# 私

ながいこと病んでいて
ふと非常に気持がよいので
人の見てないところでふざけてみた

## 春（天国）

天国には
もっといい桜があるだろう
もっといい雲雀がいるだろう
もっといい朝があるだろう

# 赤ん坊が　わらう

赤んぼが　わらう
あかんぼが　わらう
わたしだって　わらう
あかんぼが　わらう

# 無題

雪がふっているとき
木の根元をみたら
面白い小人がふざけているような気がする

## 〈しみじみと〉

しみじみと
秋がこころにしみいる日は
怒っても　かなしんでも
しょせんは　みずからをみるほかのこころが
みずからのかたわらにしずかにすわり
かなしみと　いかりとをささげいつき
うつくしいおどろきにひざまずいている

# 母をおもう

けしきが
あかるくなってきた
母をつれて
てくてくあるきたくなった
母はきっと
重吉よ重吉よといくどでもはなしかけるだろう

# 天気

天気のいい昼間
日向へあるいて行って
じっとしていると
涙がにじんで来る

# 空が　凝視《み》ている

空が　凝視《み》ている
ああ　おおぞらが　わたしを　みつめている
おそろしく　むねおどる　かなしい　瞳
ひとみ！　ひとみ！
ひろやかな　ひとみ　ふかぶかと
かぎりない　ひとみのうなばら
ああ　その　つよさ
まさびしさ　さやけさ

## 幼い私

幼い私が
まだわたしのまわりに生きていて
美しく力づけてくれるようなきがする

# 朗らかな　日

いずくにか
ものの
落つる　ごとし
音も　なく
しきりにも　おつらし

## 〈いても〉

いても
たってもいられない
はなしてもだめ
ひとりぼっちでもだめ
なにかに
あぐんと食われてしまいそうだ

# ひとつの　ながれ

ひとつの
ながれ
あるごとし

いずくにか　空にかかりてか
る　る　と
ながるらしき

## 雲雀

畑道のふちの枯芝に腰をかけ
桃子と並んで
雲雀の鳴くのをきいていた

# 母

お母さま
わたしは　時とすると
お母さまがたいへん小さいひとのようにおもえてきて
このてのひらのうえへいただいて
あなたを拝んでいるようなきがしてくることがあります
こんなあかるい日なぞ
わたしの心は美しくなってしまって
お母さんをこの胸へかざり
いばってやりたいようなきがします

## 〈この世になくて〉

この世になくて
くちおしいだろうもの
武蔵野
キーツ　万葉
わが子　わが妻
少年の日のおもいで
木　草　山
秋

菊の花　桃の花
朝顔の花
そしてしずかな空

## 〈かんがえてみると〉

かんがえてみると
きょうのいちばんよかったことは
もさもさっとした
けやきの
ひょろながい梢をみていたことだった

# 川

ひろい川をみると
かなしみがひろがるのでらくになるようなきがする

# 〈おどろきの〉

おどろきの
かたまりよ
わたしの
ちいさいむすめ
うまれてから
まるひとつのもも子
おまえのからだは
たましいのようにおどろいている
草のようにおどろいている

# 花がふってくると思《おも》う

花がふってくると思《おも》う
花がふ〈散〉ってくるとおもう
この　てのひらにうけとろうとおもう

## 〈すべての〉

すべての
くるしみのこんげんは
むじょうけんに　むせいげんに
ひとをゆるすという
そのいちねんがきえうせたことだ

# 花

おとなしくして居ると
花花が咲くのねって　桃子が言う

# 草に　すわる

わたしのまちがいだった
わたしの　まちがいだった
こうして　草にすわれば　それがわかる

# 秋の　かなしみ

わがこころ
そこの　そこより
わらいたき
あきの　かなしみ

あきくれば
かなしみの

みなも　おかしく
かくも　なやまし

みみと　めと
はなと　くち
いちめんに
くすぐる　あきのかなしみ

## 〈わが友が病むという〉

わが友が病むという
六月のはじめ
きまったように
ゆうぞらがうつくしい

ひさしいひさしいやまいゆえ
このごろは
なぐさむることばもつき

ゆうぞらの
うつくしきのみをたよりするなり

# 秋のひかり

ひかりがこぼれてくる
秋のひかりは地におちてひろがる
（ここで遊ぼうかしら）
このひかりのなかで遊ぼう

# 白い枝

白い　枝
ほそく　痛い　枝
わたしのこころに
白い　えだ

# 雨

窓をあけて雨をみていると
なんにも要らないから
こうしておだやかなきもちでいたいとおもう

〈このかなしみを〉

このかなしみを
ささげもつべき
ひとつのしずかな壺《かめ》はないか
おおらかな
はるのひのもとをあゆもうとする

# ゆるし

神のごとくゆるしたい
ひとが投ぐるにくしみをむねにあたため
花のようになったらば神のまえにささげたい

## 〈ひにくなこころと〉

ひにくなこころと
いかれるこころと
ふたつとかして
ただうつくしく
しずかにながれたい

## 雨の日

雨が　すきか
わたしはすきだ
うたを　うたおう

# はらへたまってゆく　かなしみ

かなしみは　しずかに　たまってくる
しみじみと　そして　なみなみと
たまりたまってくる　わたしの　かなしみは
ひそかに　だがつよく　透きとおってゆく

こうして　わたしは　痴人のごとく
さいげんもなく　かなしみを　たべている
いずくへとても　ゆくところもないゆえ
のこりなく　かなしみは　はらへたまってゆく

# 月

月にてらされると
ひとりでに遊びたくなってくる
そっと涙をながしたり
にこにこしたりしておどりたくなる

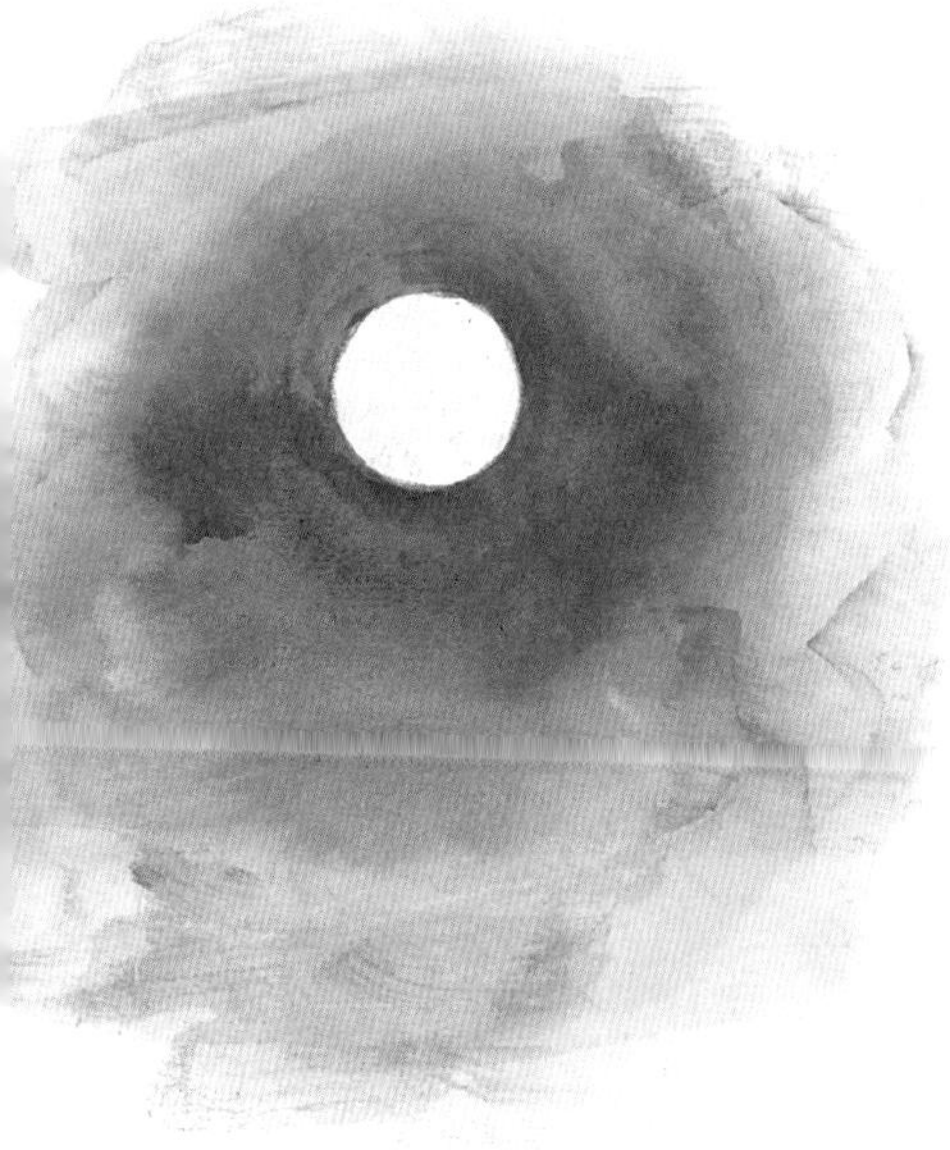

# ねがい

人と人とのあいだを
美しくみよう
わたしと人とのあいだをうつくしくみよう
疲れてはならない

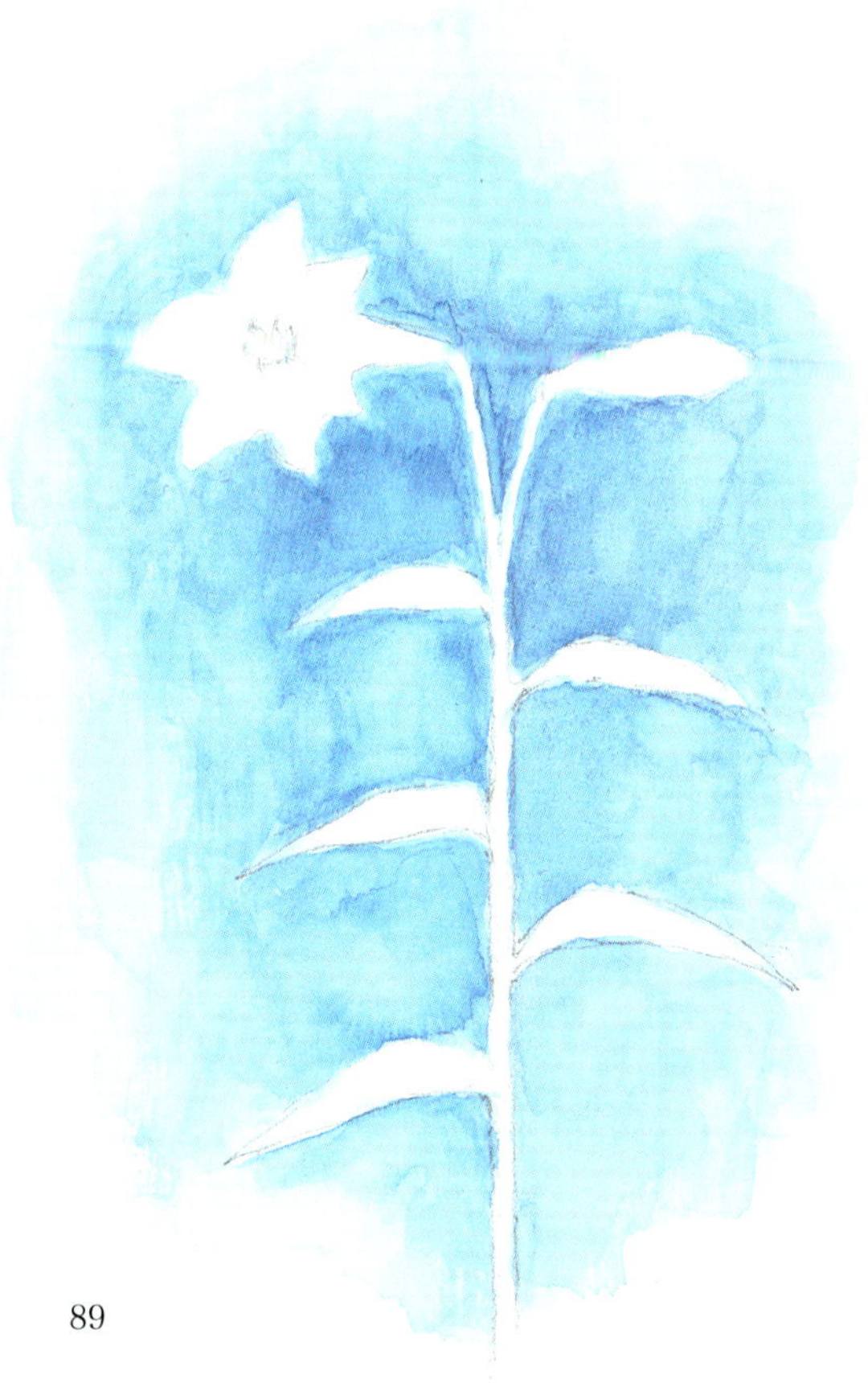

# 柳も　かるく

やなぎも　かるく
春も　かるく
赤い　山車《だし》には　赤い児がついて
青い　山車には　青い児がついて
柳もかるく
はるもかるく
きょうの　まつりは　花のようだ

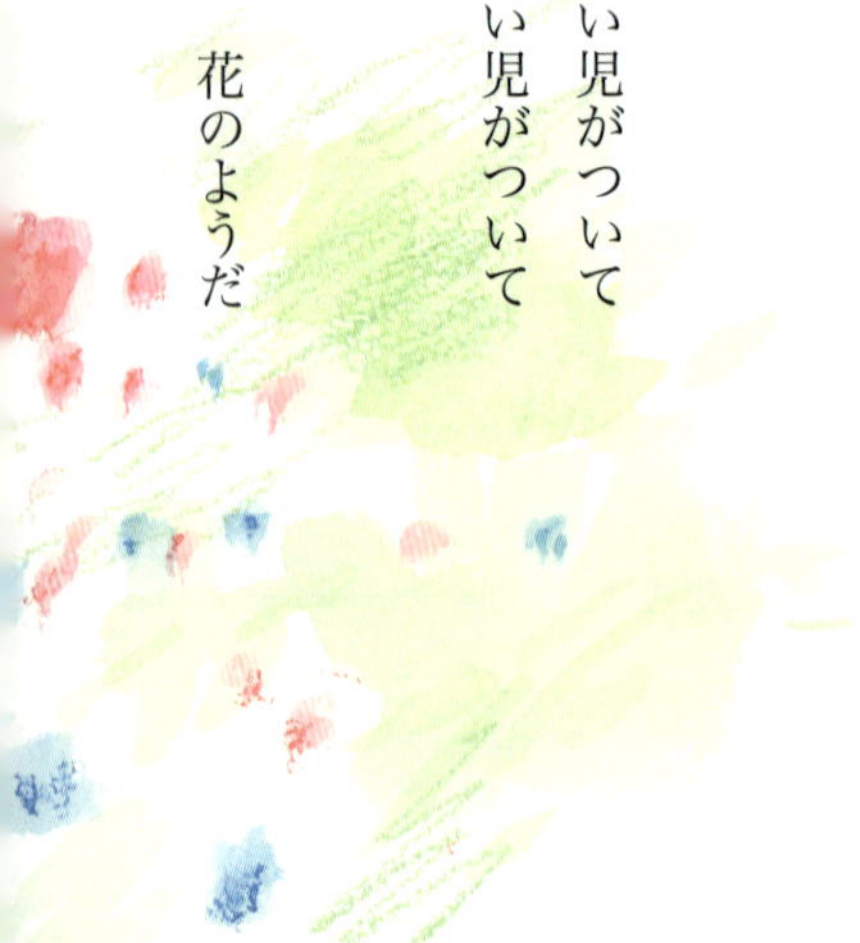

〈はるかにも　しずかなる　ほがらかさのなかに〉

はるかにも　しずかなる　ほがらかさのなかに
小鳥の声が彫られます
わたしのふるえるこころが彫られます
これは　朝です
かなしいことをかんがえてねむったそのあさです

# 泪《なみだ》

泪　泪
ちららしい
なみだの　出あいがしらに
もの　寂びた
わらい　が
ふっと　なみだを　さらっていったぞ

# 豚

この　豚だって
かわいいよ
こんな　春だもの
いいけしきをすって
むちゅうで　あるいてきたんだもの

# 心よ

こころよ
では　いっておいで

しかし
また　もどっておいでね

やっぱり
ここが　いいのだに

こころよ
では　行っておいで

# 虫

虫が鳴《な》いてる
いま　ないておかなければ
もう駄目《だめ》だというふうに鳴《な》いてる
しぜんと
涙をさそわれる

冬

木に眼が生《な》って人を見ている

## 春

二つ合せた手がみえる

# あとがき

田中和雄

詩に絵はいらない、と思っていました。八木重吉さんの詞華集を作ろうと考えたのは十年も前でした。茨木のり子さんの「おんなのことば」を編集するときも、吉野弘さんの「二人が睦まじくいるためには」のときも、「ポケット詩集」のときも、絵を入れたいとは思いもしませんでした。始めと終りの詩さえ決めれば、あとの詩は自分勝手に自分の居場所を見つけて、一冊の詞華集が実《な》るのでした。

ところが、八木重吉さんの詩に向ったときは勝手がちがって、まるで迷路に入ったみたいで、どこから手をつけたものか手掛かりが見つからず途方に暮れました。ひとつひとつの詩は、この世のものとは思えぬ美しいコトバで語られているのに、手にとってみると、押し黙ってしまってひとことも語りかけてくれませんでした。合い性が悪いと一人合点して、すっかり忘れていたとき――

　井上ゆかりさんが八木重吉さんの絵を描いた、といって現れました。聞けば井上さんは八木重吉の詩がなにより好きで、重吉さんの声を聞いては絵を描きつづけてきたそうです。とくに「素朴な琴」に描かれたハープの絵と、「豚」の絵は、重吉さんが「ほら、これだよ」と自身で描いて自慢しているようです。いい絵本が画文一致であるように絵が詩を語り、詩がそのまま絵になっているのでした。重吉さんの美しい詩は、井上ゆかりさんの絵との出会いで一冊の詩画集に実《な》ったのです。

八木重吉さんは一八九八年東京堺村（現町田市）に農家の次男に生まれました。十四歳のとき生家を出て鎌倉の師範学校に入り四年後、東京の高等師範学校にすすみます。成績は良く、バイブルに関心を持ち洗礼も受けますが、内村鑑三の無教会信仰に魅かれました。そのころから不運が始まり、スペイン風邪をこじらせ重い肺炎になってしまいました。それでも二十三歳のとき学業を終えて兵庫の御影師範学校の先生になり、不運をはねのけるように、美しい島田とみと運命的な出会いを果しま す。

短い兵役を体験し、島田とみに熱烈な恋文を書き送ります。翌年重症の肋膜炎をものともせず、周囲の猛反対を押し切って結婚。すぐに長女桃子に恵まれ、次の年には長男陽二が生まれ、幸せの絶頂のなかで、ほとばしるように美しい詩をたくさん書きました。

二十七歳で千葉の東葛飾中学校に転任。初詩集「秋の瞳」出版。草野心平らとも親交をかさね、二十八歳のとき病状がすすみ結核第二期と宣告され療養生活に入るも、余病の併発に苦しみ、二十九歳の十月、短い生涯を閉じました。その翌年第二詩集「貧しき信徒」が出版されました。

二十九歳で夭逝した八木重吉さんはいのちの短さを予知して、恋も詩作も、いそいで成就させたのだと思います。若い感受性がとらえた「美しいもの」を追い求める切ない願いは、自分の存在そのものが見つめている「美しいもの」との境目を失くして、一体となってしまうほどに昇華したのでしょう。幼いほどに悲しく選ばれたコトバのひとつひとつに、恨みつらみは宿っていません。

ぼくは編集者生活の晩年に、この八木重吉詩画集を出せることになった自分の幸運を天に感謝し、知らず、手を合わせます。

## 出典一覧

素朴な琴「貧しき信徒」野菊社／雲「秋の瞳」富士印刷／草をむしる「貧しき信徒」野菊社／悲しみ「貧しき信徒」野菊社／〈色は〉詩稿「鞠とぶりきの独楽」／夜「貧しき信徒」野菊社／私「貧しき信徒」野菊社／春（天国）　詩稿「ノートA」／赤ん坊が　わらう「秋の瞳」富士印刷／無題「貧しき信徒」野菊社／〈しみじみと〉詩稿「幼き歩み」／母をおもう「貧しき信徒」野菊社／天気　詩稿「ノートA」／空が　凝視ている「秋の瞳」富士印刷／幼い私　詩稿「野火」／朗らかな　日「秋の瞳」富士印刷／〈いても〉詩稿「鞠とぶりきの独楽」／ひとつの　ながれ「秋の瞳」富士印刷／雲雀　詩稿「赤いしどめ」／母　詩稿「しずかな朝」／〈この世になくて〉「花と空と祈り」彌生書房／〈かんがえてみると〉詩稿「桐の疎林」／川　詩稿「しずかな朝」／〈おどろきの〉「花と空と祈り」彌生書房／花がふってくると思う「貧しき信徒」野菊社／〈すべての〉詩稿「貧しきものの歌」／花「貧しき信徒」野菊社／草に　すわる「秋の瞳」富士印刷／秋の　かなしみ「秋の瞳」富士印刷／〈わが友が病むという〉「花と空と祈り」彌生書房／秋のひかり「貧しき信徒」野菊社／白い枝「秋の瞳」富士印刷／雨「貧しき信徒」野菊社／〈このかなしみを〉詩稿「桐の疎林」／ゆるし　詩稿「しずかな朝」／〈ひにくなこころと〉詩稿「赤つちの土手」／雨の日「貧しき信徒」野菊社／はらへたまってゆく　かなしみ「秋の瞳」富士印刷／月「貧しき信徒」野菊社／ねがい　詩稿「ひびいてゆこう」／柳も　かるく「秋の瞳」富士印刷／〈はるかにも　しずかなる　ほがらかさのなかに〉「花と空と祈り」彌生書房／泪「秋の瞳」富士印刷／豚「貧しき信徒」野菊社／心よ「秋の瞳」富士印刷／虫「貧しき信徒」野菊社／冬「貧しき信徒」野菊社／春　詩稿「ノートA」

この詩集は、「定本　八木重吉詩集　新装版」（彌生書房）「花と空と祈り」（彌生書房）より選びました。

井上ゆかり（いのうえ　ゆかり）
一九六三年東京生まれ。一九八六年東京芸術大学美術学部芸術学科卒業。二〇一三年創画展に入選。他、個展開催。絵本や童話などの挿画を手がける。主な作品「でんでんむしのかなしみ」（新美南吉作　にっけん教育出版社）

# 八木重吉詩画集

二〇一六年三月七日初版発行
詩　八木重吉
絵　井上ゆかり
発行者　田中和雄
発行所　株式会社　童話屋
〒166-0016　東京都杉並区成田西二―五―八
電話〇三―五三〇五―三三九一
製版・印刷・製本　株式会社　精興社
NDC九一一・一一二頁・一五センチ


ISBN978-4-88747-127-6